_____, 당신의 이야기를 들려주세요.

"평범한 아버지는 누구나 될 수 있습니다.
하지만 특별한 아버지는 오직 특별한 사람만이
될 수 있습니다."

**Dad, I Want to Hear Your Story: A Father's Guided Journal to Share His Life & His Love**
**by Jeffrey Mason**

Copyright © 2019, 2025 by EYP Publishing, LLC
Korean translation copyright © 2025 by Tornado Media Group
Originally published as Dad, I Want to Hear Your Story in 2019 in the United States of America
by EYP Publishing, LLC.
All rights reserved.
This edition published by Hear Your Story, an imprint of Sourcebooks.
This Korean translation published by arrangement with Hear Your Story, an imprint of Sourcebooks
through Alex Lee Agency ALA.

# 아빠, 당신의 이야기를 들려주세요

## Dad, I want to Hear Your Story

Jeffrey Mason

제프리 메이슨

TORNADO
토네이도

"지금부터 당신의 인생을 천천히 돌아보세요.
그러고 나면
앞으로 살아갈 지혜가 떠오르기 시작할 겁니다."

"아버지는 내가 어떻게 살아야 할지 가르쳐주지 않으셨습니다.
다만, 아버지가 살아가는 모습을 내가 지켜볼 수 있도록 하셨습니다."
_클라렌스 버딩턴 켈런드

머리말

# 누군가의 아들로 태어나,
# 누군가의 아빠가 된 당신에게

사랑하는 자녀에게 당신이 줄 수 있는 가장 소중한 선물은 무엇일까요?

바로 당신의 '이야기'입니다.

부모의 품에서 오랫동안 성장했음에도 어느 날 문득 자녀들은 깨닫습니다. 자신의 아빠와 엄마에 대해 아는 것이 많지 않다는 것을. 세상은 언제나 바쁘게 돌아가고, 부모는 자녀를 양육하고 부양하느라 자신의 삶을 돌이켜볼 기회를 좀처럼 얻지 못하기 때문입니다. 특히 매일 집을 떠나 일터로 향하는 아빠는 더욱 그렇습니다.

가족을 안전하게 지키고 보살피느라 하루하루 주름살이 늘어난 아빠에게도 빛나던 시절이 있었습니다. 꿈을 키우고, 뭔가에 겁 없이 도전하고 열광했던 푸른 청춘이 있었습니다. 이 책은 누군가의 아들로 태어나, 누군가의 아빠가 되어 살아온 당신의 보석 같은 이야기를 복원하기 위해 만들어졌습니다. 그 누구에게도 꺼내놓지 못했던 이야기를 당신이 가장 사랑하는 자녀와 공유하는 것만큼 아름다운 일이 세상에 또 있을까 싶습니다.

이 책에 담담하게 풀어놓은 당신의 이야기를 통해 당신의 자녀들은 당신이 어떤 사람인지, 어떤 삶을 살아왔는지 구체적으로 이해할 수 있습니다. 피상적으로만 알았던 아빠의 구체적인 모습이 그려지기 시작하면 어떤 일이 시작될까요?

첫째, 더 진실하고 더 깊은 '대화'가 가능해집니다. 부모와 자녀 사이에 대화가 거의 없는 것이 아무렇지도 않은 시대를 우리는 살아갑니다. 가장 가까운 사이에 대화가 없으면 가장 먼 관계가 되고 맙니다. 부모와 자녀 사이에 대화가 사라지는 이유는, 서로가 서로에 대해서 별로 아는 것이 없기 때문입니다. 그리하여 서로 공유할 것이 없기 때문입니다. 당신의 마음 속 깊이 숨겨져 있던 이야기를 자녀들과 공유하는 순간, 당신과 자녀는 서로에게 진심으로 귀 기울이고 공감하는 관계로 발전해나갈 것입니다. 그리고 이 작은 발전의 걸음들이 모여 당신이 그토록 바랐던 가정과 가족의 평화, 행복, 번영이 완성됩니다.

둘째, 이 책을 통해 완성한 '당신 인생의 기록'은 인류의 소중한 유산이 되어줍니다. 서양 속담에는 다음과 같은 것이 있습니다. "노인 한 명이 사라지는 것은 도서관 한 채가 사라지는 것과 같다."

지금 이 책의 머리말을 읽고 있는 당신은 이제 막 아빠가 된 젊은이일 수도 있고, 황혼을 바라보는 노년일 수도 있습니다. 나이는 아무런 상관이 없습니다. 오직 중요한 것은 당신의 이야기를 시작하라는 것입니다. 이 책의 곳곳에서 당신의 인생을 돌아보게 하는 영감에 찬 단서들을 계속 찾아내 당신의 이야기를 완성하는 순간, 마침내 세상은 도서관 한 채를 얻게 됩니다. 언젠가 당신은 사라져도, 당신이 만든 이 도서관은 사라지지 않습니다. 당신의 자녀들은 이 도서관에서 오랫동안 당신의 이야기를 꺼내 읽으며, 인생을 살아갈 힘과 위안을 얻게 될 것입니다.

## 아빠, 당신의 이야기를 들려주세요

이 책의 활용법은 간단합니다. 당신이 태어나서 지금까지 살아온 여정을 진솔하게 돌아보면 충분합니다. 당신은 자녀들에게 이 책을 선물받았을 수도 있고, 스스로 이 책을 선택했을 수도 있습니다. 어느 쪽이든 좋습니다. 힘차게 강을 거슬러 오르는 연어처럼, 당신의 근원으로 유쾌하게 돌아가 다시 한 걸음씩 앞으로 나아가세요.

당신이 태어났을 때 당신의 부모님은 얼마나 기쁘셨을까요? 당신이 걸음마를 시작했을 때 당신의 부모님은 세상을 다 얻은 기분이었을 것입니다. 당신이 소년에서 청년으로, 청년에서 한 아이의 아빠, 한 가정의 가장으로 성장할 때까지 당신의 부모님은 얼마나 많은 위안과 격려, 응원을 보냈을까요?
이제 당신의 이야기를 들려주세요.

아이들이 태어났을 때 당신은 얼마나 기뻤나요? 아이들이 아장아장 걸음마를 시작했을 때 세상을 다 가진 기분이었나요? 아이들이 소년에서 청년으로, 청년에서 누군가의 아빠, 엄마가 되기까지 당신은 또 얼마나 많은 위안과 격려, 응원을 보냈나요?

그렇습니다. 당신도, 당신의 부모님도, 당신의 조부모님도, 당신의 조부모님의 부모님도 누군가의 자녀로 태어나 누군가의 부모로 살아왔습니다. 따라서 당신의 인생에는 여러 세대에 걸친 지혜와 생각, 깨달음, 극적인 변화와 놀라운 이야기가 중첩되어 있습니다. 그래서 당신의 인생 그 자체가 인류가 다음 세대로 전승해야 할 소중한 유산이 되는 것입니다. 이 책의 첫 장을 열어 당신의 이야기를 시작하세요. 이 책의 마지막 장을 덮고 나면 당신은 자녀들에게 가장 값진 유산을 상속하게 될 것입니다.


## 이 책은 당신의 작고 아름다운 자서전입니다


이 책에 담긴 질문들은 당신에게 한 권의 자서전을 완성할 수 있는 영감과 단서를 제공합니다. 진실한 마음을 열어 질문들에 집중해보시기 바랍니다. 당신의 삶이 조금씩 조금씩 아름답게 복원되어 그 모습을 드러내기 시작하면, 당신도 모르게 이 책에 푹 빠져들고 말 것입니다. 그렇게 완성한 당신만의 기록, 당신의 자서전을 자녀들에게 선물하세요.

그러면 그들은 이 책을 가지고 한 편의 드라마를 만들어낼 것입니다.
그러면 그들은 이 책을 가지고 한 편의 영화를 만들어낼 것입니다.
그러면 그들은 이 책을 가지고 한 편의 소설을 만들어낼 것입니다.
그러면 그들은 이 책을 가지고 한 편의 서사시를 만들어낼 것입니다.

그리하여 당신, 당신의 인생, 당신의 이 자서전은 영원히 사람들의 가슴에 남는 아름다운 걸작이 될 것입니다.

*love*

# 1장

# 세상에 첫 선을 보인 날

언제 태어났습니까?

생년 / 생월 / 생일

몇 시에 태어났나요?

:                    (오전/오후)

이름이 어떻게 되나요?

_____

당신의 이름은 누가 지어주셨나요?

_____

당신의 이름에는 어떤 의미가 담겨 있나요?

_____

_____

지금의 당신이, 세상에 갓 태어난 당신에게 이름을 지어준다면요?
그렇게 지어주는 이유는요?

태어난 곳은 어디입니까?

태어났을 때의 몸무게와 키를 기억합니까?

당신이 태어났을 때, 부모님은 몇 살이셨습니까?

태어났을 때 형, 누나가 있었나요? 그들은 몇 살이었나요?

당신이 세상에 던진 첫 마디는 무엇이었을까요?

_____

_____

_____

걸음마는 언제 시작했나요?

_____

_____

_____

당신이 태어난 날과 관련해 특별히 들은 이야기가 있다면요?
예를 들어 태몽은 무엇이었나요? 병원에서 태어났나요? 아니면 집에서?

_____

_____

_____

_____

_____

갓난아기인 당신을 부모님은 어떻게 기억하고 계시나요?
그 당시 부모님이 당신을 부르던 애칭이나 별명이 있었나요?

아기인 당신을 대체로 누가 돌보아주었나요?

아기였을 때 당신을 잠들게 한 자장가가 기억나나요?
한두 소절이라도 좋아요. 생각나는 가사나 리듬이 있으면 아래에 적어주세요.

잠들기 직전, 누군가 책을 읽어주었나요? 어떤 책인지 기억나나요?
누군가가 당신 곁에 누워 당신에게 재미있는 이야기를 들려주었나요?

_____

_____

_____

"아버지가 되면서 모든 사랑이 시작되고
아버지로 사는 동안 모든 사랑이 완성됩니다."

당신이 태어난 해에 세상을 떠들썩하게 만든 사건이나 이벤트가 있었나요?
(인터넷 검색을 해도 좋아요)

_____

_____

_____

당신이 태어난 해에 출간되어 장안의 화제가 된 문학 작품은요?

당신이 태어난 해에 미국 아카데미 시상식에서 작품상을 받은 영화는요?
남녀 주연상을 받은 배우는요?

당신이 아기였을 때 유행했던 노래의 목록을 만들어보세요.

당신이 아기였을 때 가장 인기 있었던 TV 프로그램 목록을 만들어보세요.

_____

_____

_____

당신이 아기였을 때 물가는 어땠나요?

자장면 한 그릇 :                          커피 한 잔 :

달걀 한 줄 :                              버스 요금 :

운동화 한 켤레 :

"인생에는 가장 중요한 두 개의 날이 있습니다.
하나는 당신이 태어난 날입니다. 그리고 다른 하나는
당신이 태어난 이유를 깨달은 날입니다."
_마크 트웨인

## 2장

# 어릴 적 꿈은 무엇이었습니까

당신의 유년 시절을 가장 잘 표현할 수 있는 단어 세 개는요?

당신은 어떤 아이였나요?

친구들 사이에서 별명은 무엇이었나요? 왜 그런 별명을 갖게 되었나요?

유년 시절, 가장 좋아했던 놀이나 스포츠는요?

악기나 춤, 그림 등 예술 과외 수업을 받은 적 있나요?
그런 수업들이 즐거웠나요?

하기 싫었지만 해야만 했던 일이 있었나요?

용돈을 받았었나요? 얼마나요?

용돈이 생겼을 때, 주로 어디에 썼나요?

어른이 되면 어떤 사람이 되기를 꿈꿨나요?

초등학생 때 가장 친했던 친구들은 누구였어요?
그들과 아직도 연락을 하고 지내나요?

가장 좋아했던 동화나 동시는 무엇이었어요?

어떤 노래를 즐겨 불렀나요?

매일 손꼽아 기다렸던 TV 만화 영화는요?

특별히 좋아했던 장난감은요?

당신의 유년 시절에 지대한 영향을 끼친 책이 있다면요?

유치원이나 초등학교에서 받았던 상들을 소개해주세요.

초등학생 때 잊지 못할 선생님이 계셨나요?

그 선생님은 당신을 어떻게 가르치셨나요?

키웠던 반려동물들이 있었나요?

그 반려동물들과의 추억에 대해 들려주세요.

유년 시절을 떠올릴 때마다 가장 그리워지고 행복해지는 따뜻한 기억, 추억,
이야기가 있나요?

_____

_____

_____

딱 하루만 유년 시절로 다시 돌아갈 수 있다면, 무엇을 하고 싶나요?

_____

_____

_____

_____

"아버지는 언제나 당신이 올려다보아야 할 존재입니다,
당신의 키가 아무리 크다 할지라도."

# 3장

# 그립고 그리운, 푸르고 푸른 10대 시절

10대 시절을 떠올리면 생각나는 단어 세 개는요?

_____

_____

당신의 10대 시절에 대해 묘사해봐요.

_____

_____

_____

_____

_____

고등학생 때 당신의 헤어 스타일과 패션은 어땠나요?

_____

_____

가장 친했던 고등학교 친구 세 명은 누구였나요? 그들과의 마지막 장면이
생각나나요?

_____

_____

친구들에게 당신의 부모님이 하셨던 말이 기억나나요?

_____

_____

가장 추억이 많았던 동아리나 모임이 있었나요?

_____

_____

고등학생 시절, 주말 밤에는 무엇을 했나요?

_____

_____

방과 후 또는 주말에 친구들과 즐겨 찾았던 추억의 장소는요?

_____

_____

부모님이 정해놓은 귀가 시간이 있었나요?

_____

_____

당신은 모범생이었습니까?

_____

_____

고등학생 시절, 당신은 누구에게 편지를 썼고, 누구에게 편지를 받았나요?

데이트를 나간 적 있었나요?

그 시절, 당신의 이상형은요?

학교 축제에 참여했었나요?

끝내 화해하지 못한 사람이 있었나요?

미래에 대한 두려움이 컸나요?

시험을 잘 보는 당신만의 비결이 있었다면요?

그 시절, 가장 힘이 되어준 격려나 응원이 있었다면요?

당신이 가장 빠져 있었던 것은요?

절대 타협하지 않았던 것은요?

몇 년도에 고등학교를 졸업했나요?

고등학생 때 한 반에 몇 명이나 있었나요?

학교 성적은 어땠나요?

좋아했지만 성적이 좋지 않았던 과목은요?

---

싫어했지만 성적은 좋았던 과목은요?

---

10대 시절, 당신이 간직했던 비밀은요?

---

학교를 빼먹은 적 있나요? 왜 그랬죠?

---

용돈을 벌기 위한 당신만의 기발한 방법이 있었나요?

10대 시절로 돌아갈 수 있다면 꼭 해보고 싶은 일이 있나요?

"오늘의 작은 순간들이 모여
내일의 빛나는 추억이 됩니다."

그 시절, 잊지 못할 영화 몇 편을 소개해주세요.

당신이 사랑한 TV 프로그램은요?

몇 번씩 탐독했던 책들은요?

_____

_____

매일 들었던 음악은요?

_____

_____

열광했던 스타는요?

_____

_____

그 시절 당신이 사랑했던 것들이 지금의 당신을 만들었나요?

_____

_____

_____

당신의 방에는 무엇이 있었나요? 눈을 감고 떠올려보세요.

_____

_____

벽지는 어떤 디자인이었나요?

_____

벽에는 무엇이 걸려 있었나요?

_____

책상 위에는 무엇이 놓여 있었을까요?

_____

그 시절, 당신의 방이나 집에 이름을 붙여본다면요?

_____

_____

_____

10대의 당신에게 편지를 남겨보세요.

가장 친했던 중고등학교 친구 몇몇에게 안부를 전하세요.

_____

_____

_____

_____

당신에게 큰 위안과 힘이 되어주었던 분(은사, 코치, 어머니 등)에게 안부를 전
하세요.

_____

_____

_____

_____

"당신의 인생에서 가장 중요한 몇 년이,
당신 인생의 전부가 됩니다."
_에이브러험 링컨

# 4장

## 뜨거운 청년에서 성숙한 어른으로

고등학교 졸업 후 당신은 무엇을 했습니까? 군대에 갔나요? 직업을 가졌습니까? 대학에 진학했나요?

---

졸업 후 왜 그런 길을 선택했나요?

---

지금 돌이켜보면, 그때 그 선택이 최선이었나요?

---

스무 살에 가장 해보고 싶었던 것은요?

20대 시절로 다시 돌아가 딱 한 가지만 바꾸고 싶은 것이 있다면요?

'내가 이제 어른이 되었구나'라고 느꼈던 순간에 대해 들려주세요.

당신의 20대를 묘사해보세요.

그 시절, 당신의 꿈과 목표는 무엇이었습니까?

그 시절, 불쑥 찾아온 슬픔과 좌절을 어떻게 극복했나요?

20대 시절과 지금의 당신, 무엇이 얼마나 많이 변화했나요?

이제 막 스무 살이 된 청춘들에게 조언을 준다면요?

"아버지는 아이들의 손을 잠깐 잡을 수 있습니다.
하지만 아이들의 마음은 영원히 붙잡습니다."


20대 시절, 지금의 당신을 만든 결정적인 기회나 선택이 있었나요?

_____

_____


정식으로 직장을 잡은 것은 몇 살 때였습니까? 첫 월급은 얼마였나요?

_____

_____


부모님이 당신에게 원했던 직업이나 미래는 무엇이었나요? 갈등은 없었나요?

_____

_____

누군가에게 고백을 한 적 있나요? 고백을 받은 적은요?

당신이 쓴 연애편지, 당신이 받은 연애편지의 첫 줄은 어떻게 시작되었나요?

사랑 때문에 앓아누운 적 있었나요?

20대 시절, 당신은 어디에 살았나요? 동네 이름이나 주소를 기억하나요?

거처를 자주 옮겨다녔나요, 한 곳에서 오래 살았나요? 그 이유는요?

친구를 재워주는 쪽이었습니까, 친구 집에서 자는 쪽이었습니까?

어떤 친구가 당신에게 영감을 주었습니까?

20대 시절, 당신이 완전히 몰입했던 일은 무엇이었나요?

그 시절, 당신에게 일어났던 가장 근사한 일은요?

_____

_____

_____

_____


당신에게 '서른'은 어떤 의미였습니까?

_____

_____

_____

_____


"누군가가 오랫동안 나무를 심고 가꾸었기에,
누군가가 그 그늘에 앉아 편히 쉴 수 있습니다."

# 5장

# 당신을 키운 가족은 누구입니까

어릴 적 당신의 가족을 상징하는 단어 세 개는요?

_____

_____

성장하는 동안 가족과 저녁식사를 한 주에 몇 번 정도 같이 했나요?

_____

_____

저녁식사 메뉴는 주로 무엇이었나요?

_____

_____

10대 시절, 당신의 가족은 주로 어떤 대화를 나눴나요?

결혼 전, 가족을 위해 당신이 직접 해준 요리가 있나요?

가족들은 당신을 좋아했습니까?

당신의 가족에게 '없었던 것'은 무엇이었나요?

당신의 가족에게 '있었던 것'은 무엇이었나요?

_____

_____


'가족'이라는 단어를 떠올리면 어떤 색깔, 어떤 냄새, 어떤 소리가 생각나나요?

_____

_____


성장하면서 가족들과 함께 해서 신나고 행복했던 날은 언제였습니까?

_____

_____


가족에게 받은 잊지 못할 선물이 있습니까?

_____

_____

성장기에 가족에게 들은 가장 큰 칭찬은 무엇이었나요?

가족 중 누가 당신을 가장 자랑스러워했나요?

당신이 어른이 될 때까지 결정적인 역할을 한 가족은 누구였나요?

당신 가족의 신념, 당신 가족이 가치 있게 생각하는 것은 무엇이었나요?

가족들은 성장 과정 중에 있는 당신에게 어떤 것을 기대했을까요? 그 기대를 충족했나요? 아니면 가족들을 설득해 당신의 방향으로 이끌었나요?

당신의 성장 환경과 당신 자녀의 성장 환경을 비교해본다면요?

아직도 미안한 감정을 갖고 있는 가족은 누구인가요?

시간은 관점을 변화시키기도 하죠. 당신의 성장 과정에 대한 당신의 견해는 현재 바뀌었나요? 드라마틱한 변화가 있다면 소개해주시겠어요?

"인생은 당신을 발견해나가는 여정이 아닙니다.
당신을 창조해나가는 여정입니다."
_조지 버나드 쇼

어린 시절로 돌아가, 가족들에게 짧은 편지를 써보세요.

스무 살 이후 가족들과 보낸 소중한 추억에 대해 이야기해주세요.

나의 할아버지의 아버지          나의 할아버지의 어머니

나의 할머니의 아버지          나의 할머니의 어머니

나의 아버지의 아버지          나의 아버지의 어머니

나의 아버지

나의 외할아버지의 아버지

나의 외할아버지의 어머니

나의 외할머니의 아버지

나의 외할머니의 어머니

나의 어머니의 아버지

나의 어머니의 어머니

나의 어머니

53

# 7장

# 오래된 뿌리를 찾아가는 여행

"부모가 되기 전까지는 우리는 결코 알 수 없습니다,
한 아이의 부모가 된다는 것의 진실한 사랑을."

어머니의 이름은 무엇입니까?

_____

어머니는 어디에서 태어나셨나요?

_____

어머니는 어디에서 성장하셨나요?

_____

아버지의 이름은 무엇입니까?

아버지는 어디에서 태어나셨나요?

아버지는 어디에서 성장하셨나요?

'어머니' 하면 생각나는 단어들이 있나요?

어머니와 가장 많이 닮은 점은 무엇인가요?

어머니의 어떤 면을 존경하나요?

'아버지' 하면 떠오르는 단어들은 무엇인가요?

아버지를 많이 닮았나요?

아버지의 어떤 면을 존경하나요?

언제 어머니가 가장 그립나요?

어머니가 20대 때 찍은 사진을 갖고 있나요? 그 사진에 대해 들려주세요.

언제 아버지가 가장 그립나요?

아버지의 젊은 시절 모습을 알고 있나요?

당신의 아버지와 어머니는 어떻게 만나게 됐나요?

아버지와 어머니는 몇 살 때 서로 처음 만났나요?

언제 두 분은 결혼했나요? 각각 몇 살 때 결혼하셨는지요?

두 분의 결혼식에 대해 들은 이야기가 있나요?

부모님의 취미, 특기, 관심사는 무엇이었나요?

부모님은 성장기에 어떤 교육을 받으셨나요?

부모님의 직업은 무엇이었나요?

부모님이 즐겨 인용하고 강조하셨던 명언, 속담, 책 구절이 있었나요? 부모
님의 조언이 당신에게 어떤 영향을 미쳤나요?

어머니와의 즐거웠던 추억에 대해 적어보세요.

아버지와의 즐거웠던 추억에 대해 적어보세요.

당신의 할아버지는 젊은 시절 어떤 일을 하셨나요?

당신의 할머니는 전쟁이나 고난을 겪으셨나요?

조부모님은 당신에게 어떤 사랑을 주셨나요?

"인생은 우리가 만들어가는 거란다.
지금껏 그래왔고, 앞으로도 그럴 거란다."
_모지스(Moses) 할머니

외갓집을 방문했을 때 있었던 즐거운 추억에 대해 이야기해보세요.

외갓집 식구들(외조부모, 외삼촌, 외숙모, 외사촌 등)이 어떤 사람들이었는지 묘사해보세요.

당신이 유난히 따랐던 삼촌이나 고모, 사촌 형제가 있었나요?

조부모님의 부모님에 대해 아는 것이 있으면 이야기해주세요.

친척들 중에서 흥미로운 직업을 가진 분이 계셨나요?

친척들 중에서 사람들의 깊은 존경을 받은 분이 계셨나요?

_____

_____

당신에게 친척은 어떤 의미였습니까?

_____

_____

오랫동안 기억에 남는 집안의 결혼식이나 장례식 등 각별했던 행사가 있었
나요?

_____

_____

_____

항상 당신의 편이었던 친척은 누구였나요? 그와의 추억에 대해 들려주세요.

_____

_____

가족(친척 포함)이 똘똘 뭉쳐 난관을 극복한 경험에 대해 이야기해주세요. 그 경험을 통해 당신은 무엇을 배웠나요?

_____

_____

_____

_____

_____

_____

_____

"더 늦기 전에 고백하세요.
아버지, 당신은 나의 영웅입니다."

# 8장

## 유쾌한 형제들을 소개합니다

당신은 외동입니까, 아니면 형제가 있나요?

형제가 있다면, 당신은 몇 번째입니까?

첫째이고 싶었나요? 아니면 둘째? 막내? 당신의 출생 순서가 만족스러운가요?

당신을 포함해 형제의 이름을 순서대로 적어보세요.

어렸을 때 가장 친했던 형제는 누구인가요?

어른이 되어 가장 친해진 형제는 누구인가요?

자라면서 존경심이 들었던 형제는 누구인가요?

어렸을 때 형제들과의 강렬했던 추억이나 인상에 대해 들려주세요.

당신의 형제는 각각 어떤 미래를 선택했나요?

어렸을 때 한 방을 같이 썼던 형제는 누구였나요?

사람들에게 가장 인기가 많았던 형제는요?

'형제가 있어서 정말 좋다!' 하는 순간은 언제였나요?

_____

_____

_____

사랑하는 형제들에게 안부를 전하세요.

_____

_____

_____

_____

"아버지의 심장은
강철로 빚은 걸작입니다."

# 9장

# 마침내 아버지가 되다

당신은 몇 살에 아버지가 되었나요?

_____

아내가 첫아이를 임신했다는 사실을 알았을 때 당신의 첫 마디는 무엇이었나요?

_____

_____

그때 가장 먼저 떠올랐던 당신의 생각, 감정, 느낌은 무엇이었나요?

_____

_____

_____

누가 가장 먼저 당신에게 축하 인사를 전해왔나요?

임신 소식을 전해들은 친척, 친구, 주변 지인들의 반응은 어땠나요?

태아의 초음파 사진을 기억하나요? 아내의 배에 가만히 귀를 대고 심장 소리를 들어본 적 있나요? 그때의 느낌과 감정에 대해 적어보세요.

처음 아이를 안아보았을 때, 아이의 발길질이 처음 당신의 몸에 닿았을 때의 기억을 되살려보세요.

당신 아이들의 이름은 어떻게 지어졌나요?

이름을 지을 때 얻었던 영감이나 힌트, 조언이 있었나요?

당시 주변에 롤모델로 삼고 싶은 육아 선배가 있었나요?

아내가 임신을 했을 때 있었던 가장 잊지 못할 기억이나 순간에 대해 들려
주세요.

아이들이 태어났을 때의 키와 몸무게를 적어보세요.

_____

_____

당신의 아이들은 언제 걸음마를 시작했나요?

_____

_____

아이들이 세상에 처음 던진 말은 무엇이었나요?

_____

_____

아이들과 함께 불렀던 특별한 노래, 함께 해서 너무 행복했던 놀이가 있었
나요?

_____

_____

아이들을 재우는 당신의 노하우는 무엇이었나요?

아이들에게 읽어주었던 책들을 기억하나요?

이제 막 아버지가 된 사람들에게 당신의 경험과 조언, 지혜를 나눠준다면요?

아이들이 태어난 후 새삼 부모가 얼마나 위대한 존재인가를 생생하게 깨달았던 순간은 언제였나요?

"아이가 아버지와 나눈 모든 순간은
영원한 순간으로 간직됩니다."

아버지가 된다는 것의 가장 좋은 점은 무엇인가요?

아버지가 된 후 남몰래 흘렸던 눈물에 대해 들려주세요.

아버지가 되기 전과 아버지가 된 후, 당신의 삶은 어떻게 달라졌나요?

아이를 낳아 키워보니 어때요? 부모님을 더 잘 이해하게 됐나요?

"두 개의 몸에 살고 있는 하나의 영혼이 만들어낸 것,
그것이 바로 사랑입니다."

# 10장

# 사랑에 관한 짧은 필름

첫눈에도 사랑에 빠질 수 있다고 생각하나요?

소울메이트가 있다고 믿나요?

당신의 첫 데이트는 몇 살 때였습니까?

당신의 데이트 신청을 거절했던 사람에게 한 마디 남겨보세요.

첫 번째 연애다운 연애는 몇 살 때였나요?

사랑을 위해 용기를 냈던 적이 있나요?

젊었을 때 당신은 어떤 스타일의 이성에게 끌렸나요?

당신의 아내는 어떻게 만나게 됐나요?

그녀의 첫인상은 어땠나요?

아내에게 첫 데이트를 어떻게 신청했나요?

아내에게 첫 데이트를 신청하자, 어떤 일이 일어났나요?

아내는 왜 당신의 데이트 신청을 받아들였을까요?

언제 '아, 이 사람과 결혼하겠구나!' 하는 생각이 들었습니까?

당신의 아내는 신이 내려준 인연이었습니까? 아니면 끊임없는 구애의 노력
으로 얻은 결실입니까?

정식으로 결혼을 약속하기까지 얼마나 오랫동안 사귀었나요?

아내에게 어떻게 청혼했나요?

'그녀와 결혼하게 됐다'고 가장 먼저 알린 사람은 누구였습니까?

당신의 결혼 소식을 들은 주변의 반응은 어땠습니까?

결혼식에 누구를 가장 초대하고 싶었나요?

결혼에 골인하기까지, 숨은 일등공신은 누구였습니까?

총각 파티 같은 것도 했나요?

결혼식은 어디에서 했나요?

얼마나 많은 하객들이 참석했나요?

_____

_____

하객들에게 어떤 음식을 대접했나요?

_____

_____

결혼식에서 최고의 스타는 누구였나요? 당신? 아내? 부모님? 하객? 주례 선
생님?

_____

_____

_____

가장 많은 축의금을 준 사람은요?

_____

_____

전혀 생각도 못한 사람이 하객으로 참석하지는 않았나요?

·

지금도 기억하고 있는 결혼식의 장면들을 여기에 적어보세요.

그때 막 결혼하는 당신에게, 지금의 당신이 해주고 싶은 말이 있다면요?

결혼식이 끝난 후 아내에게 처음 건넨 말은 무엇이었나요?

신혼여행은 어디로 갔나요?

결혼식에 참석한 당신의 친구와 아내의 친구 사이에 추억이 있었나요?

결혼에 골인하기까지, 수없이 일어났던 기쁘고 슬펐던 일, 생각지 못했던 사건과 사고, 실수 등등 드라마틱했던 일들과 감정에 대해 적어보세요.

_____

_____

_____

_____

_____

_____

_____

"인생의 의미는 당신의 선물을 발견하는 것입니다.
인생의 목적은 그 선물을 함께 나누는 것입니다."
_파블로 피카소

# 11장

# 오늘날의 당신을 만든 것들

만일 자서전을 쓰게 된다면, 자서전 제목을 무엇으로 하실 건가요?

당신이 좋아하는 인용구, 경전 속 구절, 기도문은 무엇인가요?

어떤 초능력을 선택하시겠습니까?

현재 당신의 가장 큰 두려움이나 고민은 무엇입니까?

만일 1년간 어떤 곳에서든 살 수 있다면, 모든 비용을 누군가 지원해준다면, 당신의 선택은요?

당신의 사고방식을 완전히 바꿔놓은 여행 경험이 있나요?

여행에서 알게 된 절대 잊을 수 없는 음식은 무엇이었습니까?

인생에서 가장 좋았던 여행에 대해 적어보세요.

당신이 여행한 도시들 중 가장 좋았던 곳을 선정해보세요.

1. _____

2. _____

3. _____

4. _____

5. _____

6. _____

7. _____

8. _____

9. _____

10. _____

당신이 앞으로 꼭 여행하고 싶은 도시들을 선정해보세요.

1. _____

2. _____

3. _____

4. _____

5. _____

6. _____

7. _____

8. _____

9. _____

10. _____

젊은 시절 가장 좋아했던 스포츠는요? 열렬히 응원하는 프로팀이 있었나요?

가장 좋아했던 스포츠 스타는요?

직접 관람한 첫 번째 경기는요?

당신이 좋아하는 스포츠, 스타 선수와 관련한 이벤트를 기획해본다면요?
천문학적 액수가 들어도 상관 없습니다.

당신이 직접 관람하거나 참여한 경기들 중 가장 드라마틱했던 경기는요?

당신은 승부사입니까?

당신이 좋아하는 스포츠 종목의 '드림팀'을 구성해보세요.

당신의 삶을 한 편의 영화로 만든다면, 그 영화 제목은 무엇입니까?

그 영화의 장르는 로맨틱 코미디입니까, 스릴러입니까, SF입니까?

당신의 역할로 어떤 배우를 캐스팅하고 싶나요?

당신의 가족으로는 어떤 배우들이 적격일까요?

당신의 인생 영화들을 선정해주세요.

1. _____

2. _____

3. _____

4. _____

5. _____

6. _____

7. _____

8. _____

9. _____

10. _____

당신의 인생을 영화로 만들었을 때 어떤 음악을 주제가로 선정하고 싶습니까?

당신의 인생을 통틀어 최고의 가수는 누구라고 생각하나요?

당신의 밴드를 만들어 보세요. 밴드 이름은? 보컬은 누가? 각각의 악기는 누가?

당신의 음악 취향은 어떻게 바뀌어 왔습니까?

처음 돈을 주고 산, 또는 처음 선물 받은 레코드(카세트 테이프, CD 등)는 무엇이었나요?

처음 참가한 콘서트는요? 언제 어디에서 열렸나요? 그 콘서트와 관련된 추억을 들려주세요.

지금 당신이 하루 종일 듣는 노래나 음악을 알려주세요.

1. _____

2. _____

3. _____

4. _____

5. _____

6. _____

7. _____

8. _____

9. _____

10. _____

가족들에게 추천해주고 싶은 영화나 드라마는요? 각각의 가족들 이름과, 그들에게 각각 추천할 영화나 드라마를 적어주세요.

새로운 에피소드가 당신이 세상을 떠날 때까지 계속 나왔으면 하는 드라마 시리즈나 TV 프로그램은요?

한 해에 몇 권의 책을 읽나요?

가장 좋아하는 책의 장르는요?

가장 좋아하는 작가들은요?

당신의 일과 삶에 중요한 영향을 미친 책들은요?

지난 1년 동안에 생긴 가장 소중한 추억은 무엇인가요?

당신의 인생에 커다란 기쁨과 만족을 가져다준 것은 무엇입니까?

살아오면서 당신 스스로 자랑스러워하는 성취와 업적에 대해 알려주세요.

_____

_____

_____

_____

젊었을 때 당신은 인생의 성공을 어떻게 정의했나요?

_____

_____

지금 당신은 인생의 성공을 어떻게 정의하고 있나요?

_____

_____

당신의 삶에 가장 강력한 영향력을 준 것은 운이었나요? 아니면 자유 의지였나요?

---

---

---

---

---

인생의 목적이 무엇이라고 생각하나요?

---

---

---

---

---

"가치 있는 일을 하는 것, 용기 있는 말을 하는 것,
아름다운 것을 생각하는 것.
이것만으로도 한 사람의 삶은 완벽하게 충만해집니다."
_T.S. 엘리엇


종교가 있나요? 당신이 굳게 믿는 것은 무엇인가요?

---

---

---

---


당신이 절대 믿지 않는 것은 무엇인가요?

---

---

---

---

믿음이나 신념이 극적으로 변화한 순간이 인생에서 있었나요?

눈을 감고, 호흡을 가다듬고, 명상에 잠기는 행동을 해야 한다면, 언제 해야 좋을까요?

두려움과 어려움, 좌절을 극복할 때 당신에게 힘이 되어준 말, 다짐, 각오, 슬로건 등에 대해 적어보세요.

당신의 삶에 가장 힘이 되어준 귀인들은 누구였습니까? 그들은 어떻게 당신을 도왔나요? 그들에게 감사의 인사를 전해보세요.

당신의 삶 전체를 돌아볼 때, 어떤 사건과 충격, 이야기가 오늘날의 당신의 모습에 가장 중요한 영향을 미쳤을까요?

당신은 몇 살까지 살고 싶습니까? 그 이유는요?

당신은 내면의 평화를 찾았습니까? 어떻게 찾았습니까?

20대와 30대에게 최고의 삶을 사는 방법에 대해 어떤 조언을 해주실 수 있나요?

_____

_____

_____

_____

그리고 20대 또는 30대 시절에, 인생에 대해 어떤 교훈을 얻을 수 있다고 생각하시나요?

_____

_____

_____

_____

이제 남은 페이지들은 당신이 자유롭게 완성하세요. 소중하게 간직하고 있는 사진을 붙여도 좋고, 그림을 그려 넣어도 좋아요. 더 많은 추억과 기쁨, 행복, 생각들을 사랑하는 사람과 공유하세요.

사랑하고 존경하는 나의 아빠, 당신의 못다 한 아름답고 감동적인 이야기들을 들려주세요.

**지은이  제프리 메이슨**Jeffrey Mason

제프리 메이슨은 2018년 알츠하이머를 앓는 아버지의 투병을 지켜보며 그의 삶을 보존하고 복원하기 위해 《아빠, 당신의 이야기를 들려주세요(Dad, I want to Hear Your Story)》를 집필했다. 이 책의 놀라운 성공에 힘입어 그는 《엄마, 당신의 이야기를 들려주세요(Mom, I want to Hear Your Story)》를 후속작으로 선보였는데, 이 두 권의 책은 아마존 젊은 독자들이 '부모에게 가장 많이 선물하는 책'으로 폭발적인 반응을 끌어냈다. 그후 그는 본격적으로 'Hear Your Story(hearyourstorybooks.com)'라는 회사를 창업했고, 자신이 살아온 이야기를 한 권의 기록으로 남기고자 하는 독자들의 열망을 돕는 일을 하며 세계적인 명성을 얻었다. 아빠, 엄마의 인생 이야기에서 출발한 'Hear Your Story' 시리즈는 오늘날 인류의 소중한 가치를 후대에 전하는 아름답고 가치 있는 프로젝트의 하나로 전 세계 독자들에게 뜨거운 사랑을 받고 있다.

## Hear Your Story(hearyourstorybooks.com)

제프리 메이슨이 창업한 이 회사는 오래된 삶에서 깨달은 지혜와 성찰을 사랑하는 사람들과 나누고자 하는 독자들의 꿈을 돕는다. Hear Your Story는 모든 사람의 내면에는 세대를 거쳐 전해져야 하는 보물 같은 추억과 이야기가 있다고 믿는다. Hear Your Story는 알츠하이머가 한 아버지의 아름답고 창의적인 삶과 추억을 훔쳐가는 것을 막기 위한 열정적인 한 아들의 노력에서 출발했다. 이 세상에 존재하는 한 사람, 한 사람의 이야기를 보존하는 것이 인류의 소중한 유산을 후대에 전하는 가장 지혜로운 방법임을 Hear Your Story는 잘 알고 있다.

Hear Your Story가 만드는 모든 책은 당신과 당신이 사랑하는 사람 사이를 잇는 아름다운 다리가 되어준다. Hear Your Story를 방문하는 순간, 당신은 사랑하는 사람과 마주 앉아 미소를 짓고, 따뜻한 말을 건네고, 서로의 연결이 깊어지는 놀라운 경험을 하게 될 것이다. 그리고 깨닫게 될 것이다. 인류가 여기까지 진화해온 것은 결국 서로 사랑하는 사람들이, 서로의 이야기에 귀 기울여왔기 때문이라는 것을.

옮긴이 오영진

대학에서 철학과 경제학을 공부하고 다양한 책을 만드는 출판기획자로 일하고 있다. 세상에 숨어 있는 보석 같은 책들을 발굴해 독자들에게 널리 알리는 사명을 갖고 있다.

아빠, 당신의 이야기를 들려주세요.

1판 1쇄 발행 2025년 4월 28일

지은이 제프리 메이슨
옮긴이 오영진
발행인 김진갑
발행처 토네이도미디어그룹(주)
기획편집 박수진 박민희 유인경 박은화 김예은
디자인팀 김현주 강재준
마케팅팀 박시현 박준서 김수연 박가영
경영지원 이혜선

출판등록 2006년 1월 11일 제313-2006-15호
주소 서울시 마포구 월드컵북로5가길 12 서교빌딩 2층
원고 투고 및 독자 문의 midnightbookstore@naver.com
전화 02-332-3310  팩스 02-332-7741
블로그 blog.naver.com/midnightbookstore
페이스북 www.facebook.com/tornadobook

ISBN 979-11-5851-313-9 (04840)
       979-11-5851-315-3 (세트)

04840

9 791158 513139

값 17,800원